閃閃發光的事物學會匿藏

吳燕青

每一朵打開的花朵都經歷過暗時光（自序）

吳燕青

是個春天了，木棉花打開碩大的花朵，銅鈴的形狀，舉出春天的光。

在香港科技大學的山坡上，目睹一簇簇的杜鵑花，在晨霧中安靜地開出五色的花朵，多麼欣喜。

酢漿草從不缺席春天，草地上、大樹下、公路邊、籬笆下，它們開，一朵朵的花，像一句句跳躍的詩句。

看，我用多麼美的句子描述花朵。

回到生活中，有那麼一些時刻、場景、人、事物。讓人欣喜、感動、親切、疏遠、淡漠或無所適從。當這樣的情緒湧起時，總想找到恰切的詞句去描述、梳理，我不確定是否描述出每一個當下的情感，但是，我很想有一面天然的鏡子，可以讓我無所顧忌地自言自語，無所顧忌地做最天然本真的自己。

我仍記得我剛升讀中學時，媽媽買給我的那盞玻璃簾珠罩子的檯燈，它陪著我度過無數獨自一人的夜晚。在燈下學習、閱讀、寫作、發呆，一天天地成長。

春天的玉蘭花，潔白的開出一樹又一樹，我和媽媽說：你的名字真美，那麼光亮地開在春天。

給予我生命的玉蘭，是第一個給予我光的人，她也無私地給予了我世界和詩歌。

來自生活的疼痛、粗糲、柔軟、沉寂、光亮，我把這些微細的生活中流淌出來的水珠，凝匯成一首首詩，它們細小，來自我內心的海洋，我給予它們微微的光。

那麼關於詩，是剖開靈魂的浩瀚星宇，讓我最大程度地保持初心，在紛繁的生活中，對生活握手言歡。

感謝每一位親人、師長、朋友在寫作上給予我的所有鼓勵和支持。感謝每一朵花打開時經歷的暗時光。它讓一切閃閃發光。

二〇二二年三月二十一日
於香港離島

目錄

輯二：光在叢林跳躍

輯三：時光謠

輯四：在群星之中

輯一：閃閃發光的事物學會匿藏

梅花開過了

還有一些水盛放在花中
梅花已開過在鳳凰山下
妳取走其中的一朵的香
天是藍的半個月亮潔白
妳說起往事舊茶館人去樓空
臺灣相思樹粗大的枝幹
一邊長滿深綠的葉
一枝已經枯萎指向天空
回不到從前了
那時妳步履輕盈
腰身纖細眼裡有星辰的光
只是在樹下站立了一會兒
山頂就被雲霧籠罩
只是在梅樹下聞了聞花香
妳就從少女走向了母親

碼頭

波浪　飛鳥
破舊的漁船
藍鏡子照出
一張摺疊的臉
起伏和疼痛
一些鹽的結晶
掛滿臉頰
只是已不再言說
馬達聲沿著體內
細小的肋骨
一步步走向
更細小的你
沒有抵達的
也不需要停下來
如果已足夠年長
就在岸邊釣魚

響動的流水無所消逝

開花吧，結果吧
到我眼裡來吧
海在夢囈中呼喊

野薔薇花瓣顫動
楊桃樹開始落葉
漿果們吮食夜雨
白雲要低下來了

暗影在光裡傾側鐘擺
城市的燈火次第璀璨
舉杯的人站立街角
夜幕要低垂下來了

抱住夜的小尾指
有人為星空落淚
沒有看見月亮的人
抱住更響亮的哭泣

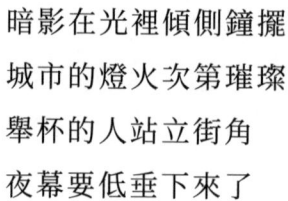

流水在塵世中喧嘩
拍打虛無的塵埃
開花吧，結果吧
到我懷裡來吧
你在水中央呼喊

星星一顆一顆掉下來
落入響動的流水中

萬物來不及深刻

睡眠是淺的
一陣雨聲就驚醒了夢
閱讀是淺的
在一首詩的前奏停下
書寫是淺的
偉大的篇章還未開頭
（永遠沒有開頭）
打開的花朵是淺的
只吐出薄薄的香
月亮是淺的
蒼白的光穿不透雲層
認識你是淺的
一個微涼的背影
消失的事物是淺的
來不及認識來不及回憶
人間是淺的
激起的浪花蓋住明天
你嘗試飛翔游泳奔跑跳躍

然後
跌落也是淺的
膚體的疼痛記憶短暫
歡愉也是淺的
像湖水的鹹度一樣淡
我有淺淺的悲傷
來不及深刻
在這浩瀚的世界
萬物都來不及深刻

細小的藍

她給予我細小的藍
像是給予一粒藍色的天
抑或是藍色的深海
起著微細的波紋
最後她希望一切落入
深度的無聲世界
白天裡車流不息的馬路
繁雜喧嘩的鬧市
二十四小時運作的電錶房
污水管道的流水
會暫時切斷在三維空間
她說這粒藍
可以讓
腦電波的活躍度
直線下降
直到世界在記憶中靜止
她還說藍能
回到祖先們鑽木起火的夜晚
那時的夜繁星明亮
微微抬頭就有
漫天星辰對你閃爍

種子

高興的時候
我也會開出
雲般的花朵

一些落入泥土
還有一些
也落入泥土

以種子的方式
醒來的一些
把嫩芽給你
花朵給你
春天和鳥鳴給你

不確定的甚麼
也給你

根鬚植物

愛清淡小菜
吃蔬菜的根鬚
不挑食
粗糙部分從不吐出
而是仔細地嚼得更碎
彷佛把泥土的芬芳
和大地的飽滿
放進身體的每一粒細胞
我篤定地認為
我來自土壤
是根類植物中的某一棵

快樂是多麼稀少

暗啞在光和影中沉浮
倒懸岩洞的蝙蝠
是大地新長的雀斑
更蒼茫的事物罩下來

我拆下的是我的心
我的頭顱
它們不再為生活的皺褶嘆息
為失眠的夜飽含愧疚之心

我們在佈滿蟲眼的人間
說快樂是多麼重要

事實上
快樂是多麼稀少

對於一朵開好的夏

忍不住想說一些美好的詞彙
又忍不住一一擦洗乾淨

這人間　過於龐大　密集
雲無處可逃　虛浮於暗

體內豢養巨獸
俯身細嗅荷葉上的露

一隻長尾鵲從合谷穴飛出
帶走我來不及說的全部

大海長出摩天大樓

窗外
有一片遼闊的海
哥哥和我曾無數次
在海的懷抱暢遊
在海灘上嬉戲　追逐
並且和霸道的螃蟹
整片海岸的彈塗魚成了至好的朋友

在一個漆黑的夜從睡夢中醒來
窗外海的地方
竟然亮起了千千萬萬盞
璀璨的燈光
一幢幢拔地而起的摩天大樓
長在了海的身上

我擔憂地想起我那至好的朋友
不知道他們是否趕得及搬家

可能

海水侵蝕過的岩石
喊過痛嗎

花朵開出來
是否在試圖安慰
細碎磨人的某些瞬間

生活濾出的粗糲
裸現在退潮後

赤腳走在沙灘碎石上
一排小尖牙噬咬腳底
忍不住的癢
多想尖叫

多想替石頭尖叫出
被海浪覆蓋拍打時
那一剎那的愛情

苦楝樹

有時，它贈我一朵花
像在我掌心種下一隻蝴蝶
有時，它給我幾片葉子
綠的黃的褐色的鮮嫩的斑駁的
和我體內長出來的情緒
就像孿生兄弟

消

白髮代替青絲皺紋代替骨膠原
發黃渾濁的眼球代替明亮初生的眼
地心引力引導鬆弛的肌體

少女成為母親
母親成為母親的母親
青春被慢慢揉成皸裂陳舊的稿紙
一些事物越來越重
一些事物越來越輕

月亮退到一百年前
那時候沒有你和我
月亮越過一百年
那時也沒有你和我

現在
我們正一起
走在一寸一寸消失的路上

植物心語

三月　到野外去
在一株開滿白花的小蠟樹前
可是　我是多麼笨拙
居然不知該如何恰切地
說出懷揣許久的秘密

又因體內暈眩著無數星星
那些動詞名詞形容詞
在上下唇簇擁　卻吐不成形
花樹下　我真是矛盾又安靜

輕撫微微隆起的腹部
抿著嘴用口型與小蠟樹交換喜悅
陽光下　我多麼像一株在春天開花的植物
美麗　柔軟　慈悲地散發香氣

果子

晝夜更替的時刻
總會有一些黑
覆蓋光明

闊大的人群中
我按壓下湧上咽喉的胃酸
又緊摁因荷爾蒙而被改變的心率
小心翼翼地　在人群中
如一粒深埋土地的種子

春天許給萬物自然的生機
河流降下　憐憫的溫柔
空茫的夜　星子無盡浩瀚
一滴露珠　因一粒種子在鳥鳴中破土
而滾動

秋天　我的身體會長出
另一顆跳動的心臟
他是一枚清新的果子
他對萬物露出潔淨微笑的樣子
足讓我有驅趕一切的黑的勇氣

天邊

許過天涯海角的諾
以為擁有海枯石爛
你說想我，愛我，寵我
潮水般的幸福湧向我

退潮後的沙灘
荒蕪如真相
你的天邊和我的天邊
是南轅和北轍

兩顆互相傷害的石子
不適合互相取暖
你許的海枯石爛
刻不上我們的名字

離開你
異鄉，四下無親
蹲下身，抱緊自己
我就是
我在世上的親人

我的靜默被你汪洋成海

在心為你跳躍之前
我的世界是靜默的
我的心是靜默裡的海洋
海底沉默著暗礁　珊瑚　游魚

我的呼吸裡有晨晝
奔波和頓息
停泊著峽谷和深淵
有無垠的水域
開出大片大片的荒野

在心為你跳之前
我的世界
所有發光之物
都被黑暗匿藏

在被時間遺忘的等待裡（漫長的）
是時候　該
截下覆蓋眼簾的半根睫毛
去挑起大海的波瀾
是時候　該
讓大海歸還我的漁船

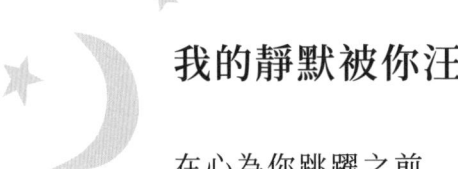

我的漁船
只有你的漁網才能
收攏我蔥蘢的淚珠
只有你的船舷
才能劃動我的心

你盛滿月華之光
再一次　駛向我的心房
將整個海洋的奔騰咆哮
放在我起伏的呼吸裡

用波濤
一聲聲
不止息地
在左右心室
對著我的血管
說著
愛

我的靜默被你汪洋成海

途經

所有途經過的事物
都被雲打包了

只有途經的你
讓我深思要如何安放

我小心採西湖六月荷
包起你
鎖進
曾祖母贈我的紫檀匣子

我要鬆開海，鬆開風
鬆開黑暗和太陽

更恆久繁複的事物
我就交給雨
先哲說的，早已
裝進瓶子，移出想像

我要讓你在人間
直抵無盡的永遠

時間的外衣

時間穿上一樹葉子
以麻醉人的方式在變奏的四季換色
紅黃綠都只不過是種迷惑

蒲公英在大地的心臟飛翔
步步為營
有人說著薄情涼話
有人熱情地擁抱白雲

燈火和星子夜夜相望
距離遙遠得無法用光年準確說出
卻並不妨礙它們日久生情

在分不清真假　對錯　黑白的塵世
我與自己對話
每一瞬間都永不相見
每一秒鐘都不是上一秒的自己

幻影

海水　打磨　光　還是光
石板街　香雪道　堅尼地城
不要一些實詞照顧一些虛詞
城市　暗影　村落　行走　消散
掉到水裡去愛
充實　滿載　藤蔓　月亮
我有寬廣的平原
表達虛無與真實
愛人　分手　走　冷清　降落
花朵不要開出來
啤酒瓶打開
涼給夜風
海浪翻滾的一面
交給遊魚
愛　但不徹底
逃避　也不徹底
胡言亂語　不說話
碼頭要沉默
開快船出行
浪花不要追隨

仲夏夜　剝開粽子
去看月環食
亮眼的光　帶上墨鏡
沉思　不要說話
安靜的時候不要靜下來
借宿
結束
不必打擾
如此安好
歡呼一聲

果實

在秋的橘樹上採下
一瓣甜一瓣酸的生活

當一縷晨光照上來時
我會把自己交出來
交出常常無由而起的羞澀
交出一些尖銳和霧靄

又一個春夏在人世輪迴
大地又一次把果實奉上
人類的餐桌

掛於枝頭上的橘
體內囤積月光晨露朝霞

這自然的事物
微微地流轉出溫柔
在土壤之上
給了你我微笑的一張臉

停在一朵牽牛花旁

河流說我要停下來
花朵說我要停下來
雨水說我要停下來
一切都在說我要停下來
在一朵海風吹空的牽牛花旁
我停了下來
露珠也和我一起
停了下來

閃閃發光的事物學會匿藏

深井汲水，淬火，倒置火光。
把風趕往萬物途經的路口。
閃閃發光的事物，學會匿藏。
和一粒種子交換春色。
懸崖倒垂傷口，野獸嗷叫月空。
所有脫口而出的語言。
不再輕易地吐出任何思想。
更樸素的事物，站在高山的額頭。
黎明開出的花朵，讓她有露珠澆灌。
讓她美，比任何事物都美。
風吹過的田野，讓她一如既往地孕育糧食。
火光燒亮的禾稈，讓她落葉歸根。
從土裡來到土裡去，在原始輪迴，
自然法則中反覆重生。
火光深處，風雨呼嘯。
更黑暗的時刻早在初陽升起時碎裂。
從深井汲水，淬火，倒置火光。
讓一切回到自我的核心內。
閃閃發光的事物，學會匿藏。
一朵花再一次開出歲月的火光。
我們都回到擁有自我的時刻。

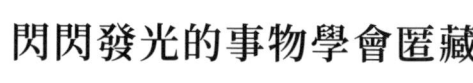

輯二：光在叢林跳躍

海上白鳥飛

先看見的是藍　那是海水的一部分
香港大澳　一個有水上威尼斯之稱的漁村
八九十年代的港產電影
常有小艇在佈滿棚屋的狹窄水面穿梭
影片中有劉德華　張曼玉　風情的臉
警匪片中有水上追逐槍戰的畫面
回到現實中來　這曾經是盛產鹽的小島
村民們蒸發海水，攫取濃稠的鹽份
他們賦予生活深度的鹹
村民們出海捕回魚蝦貝殼和月華
島嶼　魚歌　赤腳和補丁
滴答的時間穿過衆生的臉
舊棚屋新房子錯落交織
老人們坐在堂屋　守家園
老房子的廳堂擺放棺　落葉歸根
門前月季花開出十二朵
年輕的腳步踏出島
商鋪裡的海產來自世界各地

遊客擁擠　分享大榕樹的濃蔭
帶回海浪　島嶼風　花膠海參生蠔
白鳥貼水而飛　一隻兩隻三隻
海水碧藍　漫天遼闊　蒼茫的時間
在這一刻安靜了下來

越來越小的一片海

現代鐵手臂移走一座山
在海的心臟種起
同樣的一座山
工業的器械開響馬達
在城市的藍圖中
築起高樓和文明
海水不知要流向哪裡
我的螃蟹我的魚蝦
沒有了他們的王國
遼闊的澎湃無際的藍
一點一點地縮小
成為螞蟻成為一片
小小的樹葉
搖晃著一滴一滴
藍色的眼淚

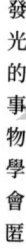

魚的呼吸

月色浮城　深海缺氧
一尾魚跳出海面
徒步到一座高山上
為了一口新鮮空氣
它在大樹下張開肺葉
用心臟的血脈呼吸
想像駱駝一樣在沙漠遇到
水草豐沛的綠洲
把救命糧食儲存到安全的駝峰
它把肺葉擴張成巨網
用心臟的血脈拼命吸氧
把整座森林的新鮮氧氣
帶回大海
分給缺氧的湛藍

山色青碧替我長出思念的翅

抬眼可見的山巒煙雲起伏
搖著夜的小月光她有小執著
一年一年地綠一年一年地開花
那些途經和駐留無別

一些深入泥土
一些消失不見
被思念疼痛的時候
懷抱花朵清水素果
在你的永居地輕輕地喚爺爺

天空漾著藍鏡子
山風搖擺你墳上的小樹枝
我安靜地清理你墳前的雜草枯枝
想起小時候
你給我帶回糖果煙花書包鉛筆
你給我買校服裙過年的新衣

整個春天
我沒有再到山上去

很多個春天
我沒能回到故鄉
沒能站在你的永居地，
隔著泥土山河歲月天地
喚一聲爺爺

夢裡
山上杜鵑花成團開
山色一天一天青碧起來
眾鳥的歌鳴響在白雲端

我知道
它們無不在
替我長出胸腔深處的思念

降

走
到海的心臟去
看海
呼喊又沉默
撕裂又完整
我們破碎的膚體
讓出空位給水和鹽
發酵
我們飽經滄桑的心
騰空靜脈和動脈
讓海水和一千尾魚居住
然後　飛蛾撲火
降到海底
下降之前
釋放出海水　鹽分　和魚
以還原海的完整
下降之前
吐出蛛絲覆蓋海面

吹一億光年的泡泡
讓海　豐滿　結痂　失憶
我們的殘缺
等待
光去縫補

自焚的蝴蝶

這麼多年了
我在鏡中模仿你
模仿你頭髮生長的樣子
模仿你憤怒時溫柔的樣子
我漸漸長成你的臉你的眼你的笑
我成了一模一樣的你的外表
我伸手去觸摸心臟
X 光掃描器警報大作
我沒有你的指紋
沒有你的瞳孔
異國海關警察面孔嚴肅問我
你究竟是誰？
我按壓著心臟問
我是誰？
心臟流過一陣高壓電流
暈厥　脫水　失憶
我是誰？
我是誰？
我是誰？

真相一寸一寸地
撲朔迷離
我化成一個自焚的蝴蝶
停在動物博物館的展覽中心

秋風抖下的不是樹葉

那些一再隱藏的
都被風尋找
一一投影在萬家燈火上
如同血紅石榴汁
滴在潔白花蕊中
只不過是深秋走來
就有那麼多的往事
逃逸肉身
彷彿秋風抖下的不是樹葉

而是刻在生活上的皺紋

回到縫補之前

破碎縫補完整
痛苦縫補快樂
貧窮縫補富裕
太陽縫補月亮
海水縫補雨滴
戰火縫補和平
陰暗縫補光明
飢餓縫補溫飽
哭泣縫補微笑
離別縫補相聚
一片秋天的落葉
縫補一片森林的綠
霧霾縫補一場雪的白
死亡的一秒縫補漫長的一生
讓一切回到縫補之前
讓你回到離開我之前
騰空一個草原的位置
給我們早經枯萎的愛

眼裡跳出洗過澡的星星

看
夜隔著茫茫的心事
有甚麼走出來
又有甚麼要跳進去
涼涼的額頭
貼著不可捉摸的往事
不小心弄丟的貓
會在第三大道拐角遇見？
你看
夜與萬物互相疏離
一朵臘梅正小心翼翼地
開出第五瓣

穿過夜
在星星隱退前
抵達曾祖母的花園
花蕊的露珠會清洗
你滿身的夜

布穀鳥會在這時為你
唱出第一首歌
風塵僕僕的人
會在這一刻
隱藏
眼裡跳出洗過澡的星星

小刺玫瑰

雲朵，聚攏更多漂浮
時間，佈滿荊棘之手

你見的光，自幽遠處來
徒步人，尚在蹣跚

米粒，雨滴，蜻蜓
動蕩，焦慮，克制

一聲萬物的嘆息
正往一朵小刺玫瑰
降落

愛有著高低起伏的心跳

一園的鳥
高低起伏地
叫著春天
像一個人愛著
一個人時
高低起伏的
心跳

花朵開出春天的酒窩

石牆縫隙長出一株草
開了紫色小花
碧翠的葉子
把春色托舉
不那麼高
不那麼低
這常見的一幕
毫無疑問地
是春天的一種
是人間被嚴寒覆蓋後的掙扎
是大地對人間獻出的誠摯
是活在暗處的生命
放光的一瞬間
也是萬物生長法則
不可繞過的一部分
細小紫色的花朵
多麼小多麼紫
它用盡所有力氣
開出花朵的樣子
是大地在春天笑出的
酒窩

春天永遠有一朵花在開

春天為大地打開缺口
一朵又一朵的花
捧著自己途經一個盛朝
竹簡絹布泛黃
羅列詩詞歌賦
仕女圖上朱丹
輕輕一點　染暈半天霞光
亭臺樓閣　不見車馬喧囂
幽靜幽靜的西廂房
深閨少女彈奏古琴
那騎馬赴京的白衣書生
是快要經過安南街？
給一朵花戴上戒指的少女
對著木銅鏡梳妝
輕染黛眉時
就像是自己把自己
嫁了出去
春天打開的缺口
不再閉合
永遠開著一朵
不凋零的花

剖宮產

10CM 麻醉針管　手術刀　剪刀　鉗子等
冷冰冰地
用穿刺　切開　剪開　撕裂的方式
進入女人的身體

首先是 10CM 的麻醉針
刺入脊椎和硬膜
令藥物到達蛛網膜下腔　脊神經喪失傳導功能
接著手術刀橫向切開皮膚　並迅速撕裂
再依次切開腹外斜肌腹內斜肌腹橫肌
切開腹筋膜將兩條腹直肌向左右分開
切開腹膜　剪子宮　切開子宮　拉出子宮

胎兒開始誕生

這一切發生在女人
一個女人十個女人百個女人萬個女人千萬個女人
你看到的女人你看不到的女人的血肉上

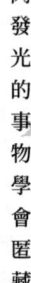

孤兒

雨天的風聲雨聲雷聲
夏日的蟬聲蛙聲蟈蟈聲
牆角的鼠門洞的蟻群
現在陪它的就是這些熱鬧了

遠一些的時候
是有
雞喔鴨嘎豬哄哄
嬰孩的嚶嚶
稚童的咯咯笑
阿嬤的「月光曲」的

最後一個誕生在祖屋的嬰孩
邁著健碩腳步踏出百年門檻
梅花窗就被野貓盤踞
風悄無聲息地腐蝕牆角
土牆黛瓦在光中無聲崩塌

遠離故土的我們
僅留
孤兒般的祖屋
在風雨中緊抱歲月

手掌中的少女時代

星星隱藏　夜風涼爽
孩子們在不同的房間睡熟
他也睡熟了
一切都靜下來的這一刻
少有可以（獨自一人）
坐在沙發的時刻
到來了

我向著夜伸出手去
在寂靜裡
（白天不會出現的）
放出指縫的羊群
一天裡唯一屬於自己的
（不多的時刻）

是我自己的
（不是妻子　不是母親
不是女兒　不是誰的誰）
是我自己的
（獨自的時刻）

我的掌中安放著
少女時代
奔跑著一群潔白的羊

我為一天中
稀少的這一刻
鼻子緊緊地發酸
在靜寂中
不捨得合上手掌

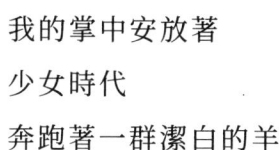

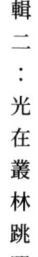

唇語

海有寂寞的背影
游曳的人成了虛擬
有甚麼在夜中墜落
有甚麼在暗處潛伏

一聲高過一聲的巨浪
由遠而近　躍起
拍打時光的血管
石頭在徒步中
低低開出浩大的花朵

人世繁複　多麼像
一場路過的虛妄
有甚麼是放不下的
覆蓋在心脈上的潮水
很快褪去　沙灘在暗中復原如舊

總要有一些事物被甚麼拯救
比如　握你手
隔一個海岸線的距離
用唇語喊著
愛你

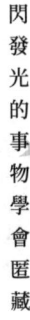

熱帶季叢林

熱帶季　叢林雨水喧嘩
有隱匿之心的人
在路上走著走著
自行消失蹤跡
一隻貓從椰果樹上降落
無聲無息地變換月色
茫茫的人群中
有人摁掉星光
慣性地彼此靠近彼此
慣性地
彼此丟失彼此
茫茫的人群中
有人摁掉身上的煙火
慣性地
彼此尋找彼此
熱帶季　叢林歌聲嘹亮
有甚麼重新折返
在彼此認領的途中

要有一間小屋

就蓋在海邊吧
貝殼海螺做的牆
貝殼海螺做的窗簾
窗邊掛滿綠葉植物
房子周圍種滿薔薇

山河遼闊　潮汐漲退
滄海桑田　人世沉浮
有塵世之憂的人
有時會被生活摁在泥濘中
有時　又被驚濤駭浪反覆鞭打
動盪包裹平靜　隱伏在第三尾掌紋中

海浪洶湧澎湃
歲月在波瀾裡有靜好
時空會因兩顆緊密的心
泛起神的微光
海的無垠寬恕我們的微小
手掌上的薔薇一朵一朵打開

窗上的綠葉輕吻額角
繁星漫天　密密的
都像是你說愛我時的唇語

要有一間小屋
就蓋在海邊
還要有一個我一個你
我在窗邊看海
你在窗邊看我
起風了　貝殼海螺叮咚響
你說　月色淨美

曼陀羅

倒垂的花朵
碩大的銅鐘
曼陀羅
倒垂著夏日熾熱的蜜
也倒垂著濃稠的毒汁
這攻心的焰火
海水倒灌出沃土
星星長出軟軟的翅翼
遠古的三葉草化石滴落
跋山涉水
來到你的面前
一朵碩大的倒垂之花
帶著焰火之光
愛情乍然地醒了

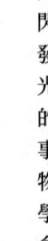

寂靜

想不起——世界是怎麼靜下來的
她從屋中起身
挽起褲腳，種了一池蓮

靈魂相交的人，還未啟程
荷花在眼中盛放
羞澀　蜿蜒　妖嬈

黃昏尚不來
靜下來的午後
等他
是多麼漫長

追光的孩童
——謹以此詩獻給世上所有看不見光明的孩子

滴答滴答滴答
我駕著小馬車
吻過清晨的露珠
追著金色陽
奔跑

滴答滴答滴答
我駕著小馬車
披上晚霞的紗裙
追著圓月兒
奔跑

滴答滴答滴答
我駕著小馬車
趟過海洋的眼眸
飛上天空的臂彎
爬上大山的肩膊
向著那光亮的地方
奔跑

我要把那金色光
圓月亮銀色的溫柔
穩穩地裝滿口袋
放在盲童阿暗的眼睛裡

那樣他就可以和我們
一起玩遊戲　捉迷藏
看花兒在風中舞蹈
白雲在碧藍天宇牧羊

踩死一隻螞蟻

踩死一隻螞蟻
踩死一隻螞蟻
小男孩哭起來了
它是螞蟻媽媽嗎
它是螞蟻爸爸嗎
它是螞蟻妹妹嗎
它是螞蟻哥哥嗎
它是螞蟻姐姐嗎
它是螞蟻外婆嗎
它是螞蟻外公嗎
它是螞蟻爺爺嗎
它是螞蟻奶奶嗎

踩死一隻螞蟻
踩死一隻螞蟻
踩死一隻叫不出名字的螞蟻
小男孩哭起來了

踩死一隻螞蟻
踩死一隻螞蟻
踩死一隻沒有名字的螞蟻
小男孩哭起來了

一個女人

一個女人在唱歌　一個女人在洗澡
一個女人在煮飯　一個女人在跳舞
一個女人在懷孕　一個女人在笑鬧
一個女人在生產　一個女人在哺乳
一個女人在奔跑　一個女人在洗衣
一個女人在思念　一個女人在哭泣
一個女人在祝福　一個女人在詛咒
一個女人在等待　一個女人在放棄
一個女人在工作　一個女人在整容
一個女人在化妝　一個女人在出逃
一個女人在戀愛　一個女人在發情
一個女人在爬山　一個女人在幸福
一個女人被拋棄　一個女人在逛街
一個女人已死去　一個女人未遇見
一個女人在虛偽　一個女人在真實
一個女人很妖豔　一個女人很天真
一個女人未出生　一個女人又懷孕

五歲的她是五歲孩子的媽

她把三十歲的自己
變成五歲
紮兩根麻花辮子
穿了外婆買的花裙子
蹦蹦跳跳地拉外婆的手
向遊樂場走去

她把三十歲的自己
變成五歲
一手抱著布娃娃
一手牽著媽媽
突然撒嬌地嚷著要媽媽抱
完全在模擬她五歲的女兒
童年　從未曾她的心海裡褪去

秘密

時光要和我們交換一個秘密
她說春天誕下的嬰兒
冬天就變老
果然
時光比任何人都會算
我們每一個人
在春天是嬰孩
在冬天已是老人
這個秘密
我也不想說出來

月色指環

踩著夜色的歸人
讓我看看
你眼中的月色
我細細地辨認你虹膜中的
眉月彎月上弦月下弦月
眉月是你啟程的地方
彎月是途中
從上弦月到下弦月
你喝了三口露珠
為節省乾糧
你把更多的月色攝入眼眸
以抵禦歸途中的鏽色

踩著夜色的歸人
讓我看看你眼中的月色
我小心翼翼地從你虹膜中打撈
下弦月上弦月彎月眉月
捧上一碗青稞細麵條
天然葉綠素抗氧化酶黃酮 β —葡聚糖

兩百萬年的生長期
七分人間煙火的愛
讓月色
掉下來　掉下來　掉下來……
掉在一泊湖水中
眉月開一朵黃玫瑰
彎月釀一壇月桂酒
上弦月分娩一顆星星
下弦月溫暖百年祖屋的曾祖母

而我
二十五年的等待
只取月色中的一縷
等腰三角形折射的 0.23 分的光
做成指環
套在你我的無名指上

雪花形狀的光明

你夢見一朵藍蓮花時
你以為那是一片海洋

你們身體長滿刺
那錯綜複雜的刺
不刺別人只刺自己
不受傷不流血不疼痛
只令皮膚穿一個個透明小孔

夜裡
沒有他方沒有故鄉
你要找的都不在你眼中
你所討厭的也不在你的心裡
你抱怨的並不是生活本身
而是虛擬過度的真實

當夜流淌成河
日裡繁花舉出春日萬里疆土
你在月下細數肌膚上透明小孔
你的心開出
一朵朵雪花形狀的光明

這雪花形狀的光明
你覺得
正是你意圖已久的驚喜
你夢見一片海洋時
你以為那是一朵藍蓮花

藍蓮花的前塵舊事

所有的日子與日子
都被重疊成回憶
我們在夜色蒼茫裡
仰望得見的是星空
看不透的是俗世

眾生的世象
水墨渲染
花與月美成握手的姿勢
風和雨搖擺蒼穹
峭壁的子宮孕育參天古木
行雷閃電宣佈蒼天神力

音符奏起前塵舊事
我們總在曾經過往裡
顛沛流離
卻在現世風雨裡
修籬種菊

喜怒哀樂的四季
猜不透經年流轉
三生之前的那一朵藍蓮花
依舊會開在春風拂曉的淨水中
夜夜為千年錦鯉奏曲

花瓶

一抔古朝代的故土在烈火中
焚燒出美不可言的形狀
它要有一場公演的碎裂
在煙花的焰火中
燦爛燃燒巨幕的時代熒屏
所有人目睹了它的自焚
一個途經的孩子為這場公演
捧出星辰和大海

光在叢林跳躍

你要迎向風
向起伏的雲朵
索要露珠，山嵐，清泉
索要土壤，波濤，陽光

你看見麥苗青綠
是一群奔跑的少年
等待灌漿的飽滿
你聽見鳥在叢林
是一群歌唱的孩童
呼喚清晨闊大的光

繞過黑暗的時刻
漿果掛在枝頭，釀蜜的人
捧出月光和山泉　傾瀉蜜
蜂鳥振動翅膀　汲取細碎的光

點燈的人亮起群星
花木濃密，風吹來香
低低地，有那麼多的小歡喜
蕩著大海的波浪　起伏

等月亮經過你的窗

無數形狀的按鈕和開關
開出顏色豐富的光
一節節一束束
照著城市的白天黑夜
不懂休息和停歇的光亮
鑽進生活的每一個細縫
擠進世界萬物的內核
彷佛一切都是明亮的
沒有悲傷暗影
沒有波瀾陡峭
沒有陰晴圓缺悲歡離合
要看月亮的人
只能在最深的夢中
等月亮經過妳的窗

一閃一閃亮晶晶

孩子，你在我的搖籃曲聲中
甜甜地睡熟了
輕摸你暖暖的潔淨的小臉
我拉開小小的一角窗簾
仰望夜空　為你找尋搖籃曲的星星

夜空明亮啊，地上那麼多的光
一束束照亮了夜空
看過來看過去
沒有一閃一閃亮晶晶

到我七歲時的夜空找吧
一顆兩顆三顆我大方地數九九九顆
一閃一閃亮晶晶

孩子，你睡夢中的天宇
佈滿了我數給的星星了

現在，我們一起數吧
一閃一閃亮晶晶
滿天都是小星星

珍珠宣言

剔去粗糲，堅硬，沙礫，拍打。我有柔軟。
剔去海浪，岩石，徒步，嵌入。我有晶瑩。
還要再剔去些甚麼？海水的鹹？泥沙的粗？
悠長旋轉的黑？
忽略柔軟的肉體嵌入的疼痛，
疼痛中生長出的動盪，遷徙。
忽略漫長的形成，成長。
忽略不曾有花朵長出的暗時光。
站在燈光下，圓潤晶亮，再也阻擋不了，
投向我的讚美的目光。
購買我，佩戴我，多麼高貴。
珍藏我，炫耀我，多麼富有。
站在鏡子前，我和我的姐妹們，手牽著手。
就像天上摘下的星辰，有不可擋的熠熠之光。
如此安靜嫻雅，如此端莊美妙，如此潔白無瑕！
晚宴上美人微笑，夫人也溫柔下來，
母親們也有神聖的光。

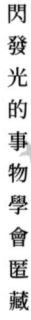

多麼高貴的修辭啊！
打磨，穿孔，鑿洞，不能再剔除了。
那些疼痛，我忘掉吧！
松子油，矽藻土粉，融入膚體的浸泡。
不能再剔除了。這些刺鼻的氣味，我忘掉吧。
貝殼，海水，波浪，岩石。
我的故鄉，再也回不去了。
寂寞唱起嘹亮的歌謠，像孤兒一般的珍心，
這樣的悲傷，我忘掉吧！
剔去的，忽略的，究竟重不重要？
從此，我只剩下美和有關美的所有贊詞了。
多麼驕傲！

輯三：時光謠

當海安靜的時候

其實是妳想要安靜
夜已過半　未有星辰
寒冷的氣流停在睫毛
想在寂靜中獨自坐一會
妳已置身寂靜之中

去年買的蘭花
在窗臺梳理第七片綠葉
洗手臺上的臘梅
開盡香氣　但尚未枯萎
或者說枯萎已在發生

想起遠方的人
海稀釋一部分藍
海漸漸靜下來
現在，只剩下妳
獨自在路上

有著不可歸去的遙遠
攜帶碎不成型的思念

敘述的另一種可能

一些抒情的部分
恰當地隱藏
一些光亮的部分
已有足夠的陰影

握在手心的薔薇
給你幽香給你刺
想說的那麼多
能愛的那麼少

遠山有巨石崩落
星空落下淚滴
玉蘭花蕊歌唱
夜尚未打開空寂

你留下或離開
她都已備好
深淺不一的吻
起伏不定的疏離

有些等待必定在風中站過

友人在寒冷的天來看你
你見天色是藍的
你跳了十六分鐘的舞
在迎接友人的前三十分鐘
然後你環視客廳
又把花瓶的臘梅重新插一遍
再拍了拍沙發的坐墊
一切都滿意了
你站在鏡子前整理頭髮
擦剩下三分之一管的口紅
擦到一半停下來
反正都要戴口罩
你放棄再描一遍眉
再補一下粉底
你甚至用清水沖洗了整張臉
距上次素顏見面還是你們的中學時期
一年沒見你們各自度過
病毒肆虐佈滿隔離關閉　隔離閉關

全年戴口罩的日子
剩下時間不多
你穿好大衣下樓
風把門前的一樹花都吹開
風也吹冷了你的脖子
終於看見友人
戴著口罩向你走來
走了一年啊，你們才隔著口罩見這一面
這一年大地和人間吹了多少風啊

福爾馬林液中的孩子

不止一次，在病理陳列室
看見玻璃瓶中那個浸泡
在福爾馬林液中的孩子
扁薄的小臉蒼白，有痛在臉上
可來不及哭泣

午後的陽光穿過玻璃窗照進來
一道塵埃的舞蹈在陽光中跳動
彷彿遊樂場的許多孩子
尖叫笑鬧玩出滿身大汗
濕漉漉的頭髮和眉毛
散發孩子天然的體香

他一定也想這樣奔跑
尖叫笑鬧玩到大汗淋漓
全身濕漉漉散發兒童的清香
可他來不及長大

（1989·10-1990·10 先心病）
他攜帶玻璃瓶上的標注
活在醫學院的病理陳列室
活在無聲的闊大的恆久荒寂裡

不會有黑夜白天到來
也不會有放聲哭泣響起來
他甚至沒有腐爛的自由[1]
福爾馬林液讓他一直是人類的小嬰兒

註

１：引自澳門大學姚風的詩句

安慰

藍的紅的白的
那麼多的顏色
那麼多的顆粒
挨挨擠擠
在透明玻璃瓶中

甜的糖衣包裹苦澀
和體內的頑疾
相互抵抗

闊大的草原
一株小植物
輕得不能再輕了
她開出紫色的花朵
悲傷和莫名也被開出來

花朵咽下眾多的顆粒
眾多的顏色也被咽下
彷彿咽下湖泊　光亮　彩虹

而晚霞正把花朵咽下的顏色
掛在天空上

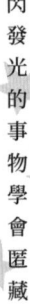

小百合

起伏的風
在沉寂的山谷
輕輕搖盪
一株小百合

被命運合起，展開
吐出潔白的部分
有更多的細碎
被花蕊打破

百合在風中開出了我
而你已去向不明
幸福也是

這多麼悲傷
讓我再也說不出
其他的甚麼

晚風吹來慈悲
深陷的沉淪
有救贖的寬容

蘋果

一粒豌豆種子
種出一個紅蘋果
我把蘋果放到你的掌心
溫暖你鬆動的牙床

歲月風霜皺紋異鄉
天南海北的路
草地上的野菊花
我們說過的話
那些記得的
不記得的
我們遇見的人
那些失散的
那些相聚的

一雙長滿凍瘡的手
一個八十歲的無家可歸的拾荒老婦人
我把豌豆種出的蘋果放在你的掌心
溫暖你鬆動的牙床

因為蘋果
我又一次看到遠去的曾祖母的微笑

埋頭吃飯

獨自在菜館吃飯
被異鄉的辣椒
猝不及防地
嗆了一下
喉嚨灼燒的人
拿起菜單
邊看菜譜邊吃
自己面前的一小碟菜
我們在闡釋孤單時
會走進更多的人群
在一個人吃飯時
會把頭埋得更低

小麻雀

雪把世界下白了
茫茫的
讓萬物顯得
不可捉摸

再一次
我隨雪花飄回故鄉
一對麻雀早於我歸來之前
客居我故居

童年捉迷藏的牆角
蘆葦搖擺　雜草肆長
每一塊古磚都有坍塌的笑
都彷彿藏著雪花和焰火
等我回來

小麻雀在廢牆上
一隻緊縮脖子哆嗦
另一隻緊縮脖子哆嗦
它們哆嗦地緊緊挨著

一陣寒風灌進脖子
這一刻　我多想
緊緊地挨著小麻雀

在大雪中
一起看煙火

萬物退到無處可退之處

天高雲淡潮汐飽滿
這深秋之景圓潤如
來自高山的蘋果
咬一口　是脆生生的

故鄉秋天田野
小野菊黃燦燦
蔬菜地裡長滿白蘿蔔
小白菜紅薯和豌豆

和我一起奔跑田埂上的
除了小夥伴
還有一隻小黑狗

跑著跑著
小夥伴散了
小黑狗長大了
變老了
死去了

蘋果被生活
脆生生地
咬去了千百口

潮汐退去
萬物皆退
退到無處可退之處

海水湛藍推闊天空

花事和白菜或故園

歲月不再敲打
天幕
緩緩降下秋
一壟青雛菊
漫爛

故園種滿白菜
梗是玉的白
葉是玉的碧
澆水的是太祖母

海水湛藍不追往事
玫瑰幽香夜與夜
連著花事和白菜或愛情
雛菊一朵朵釀成酒

竹籬笆　雁西歸
南往前　北向北
隔著茫茫人生
萬物撒下悲歡

向左向右生或滅
半句不與風煙訴
春風一吹就開花
秋風吹起就結果

太祖母摘下一籃白菜
穿過羊腸籬笆小徑
蹣跚歸家
晚暮中又生起炊煙

新玫瑰

我的玫瑰花
又在新季節裡開

玫瑰開出秋風
玫瑰開出晚霞
玫瑰開出圓月

有甚麼搖晃月色？
月亮掉下來的
是多麼輕的羽毛
四處流浪的羽毛
它們聚攏在花瓣上

我的玫瑰
每天都新開一次
每一天都是新的玫瑰

新玫瑰，喔
這來自意外的事物
這收攏羽毛的花瓣

請允許我說

驚喜

而不說塵埃落定或其他

暮歸

一天的工作完結後
暮色已蒼茫
帶著一天的陰晴雪雨
從兩排柏樹中間走過
柏樹丫上一朵朵小蘑菇
吐出它的白
一對避雨的小麻雀
依偎在蘑菇下
嘰嘰嘰嘰　你儂我儂
幾片柏葉帶著雨珠墜地
生活深處吹響的笛音
從土壤捎來
大地手掌開合
吸納吞吐光和暗
歸家人仍在途中
與雨交涉

時光吞噬的牙

吃飯時
啪嗒一聲
父親那顆痛了幾年的牙
掉了

那顆體無完膚的牙
啪嗒一聲
在我的心膜上
震了震

六歲半的女兒
也曾在吃飯時
啪嗒一聲
掉了一顆牙

記得那時
那顆新鮮的乳牙
曾讓我的心
瞬間紅潤

時光謠

光陰長
光陰短
一寸寸的月色
開在無人認領的路上

風帶去一些
雨帶去一些
陽光分娩一些

站在蒼穹深處
呼吸鼓脹
腹部飽滿

聽說有雪在你體內盛開
梅花尚未醒來
花香是稀罕
張開的夜色
是大地潛伏的回音

時光長了
時光短了
開過的晨晝
又把人間調色

送走的人
墳墓上
野草新長
嬰孩的啼哭
再一次打破
時光的花朵

外婆的魚腥草

你在牆角　田野　溪邊
開著淡淡白花兒
撐開心形綠葉
虔誠地向大地問好

半百的外婆牽著我的小手
走過牆角　田野　溪邊
她蹲下身
輕輕摘下一片心形葉
把一片墨綠放在我的小掌心

外婆說　你是個小勇士
金黃葡萄菌　病毒　流感都怕你
外婆的話我似懂非懂
心裡卻渴望做個小勇士

八十的外婆病了
又咳嗽又流涕
我穿著白大褂
把一瓶魚腥草液
注射在外婆的靜脈裡

我想起了
牆角　田野　溪邊
你開著淡淡白花
撐一片片心形葉
虔誠地向大地問好

外婆牽我小手
把一片心形葉放在我的小掌心

媽媽的湯

只要在家
我走到哪
媽媽端著一碗湯就追我到哪

她的湯譜一年四季
都可以不重複

她像個神秘的隱居藥師
有時深山採藥
有時劈土種藥

再用魔方式的配搭
用砂煲煲用燉盅隔水燉

三十三年了
我身上長滿了野生的雞骨草　天門冬　麥冬
菊花　金銀花　蓮子　百合　花旗參　龍眼肉
一到春天　它們都開出好看的花

每當想媽媽時
我就從身上的每一粒細胞裡
舀出一碗又一碗的湯
呼呼喝下

喊外公

二〇一八的新年
分散在五湖四海的親人
罕有地團圓了

在大舅寬大的樓房
親人們滿滿地擠滿了一屋
八十八歲的外婆領著祖孫四代
樂呵地笑

四五桌菜飯擺好後
大舅媽扶外婆到桌邊喊老人[1]

我悄悄跑到一牆之隔的祖居
空寂的堂屋
外公在一面土牆上
穿著黑皮衣戴著黑帽子
微笑著看我

看著微笑的外公
我低低地喊
外公吃飯了　外公吃飯了
外公吃飯了　外公吃飯了
外公吃飯了……
把去年的，前年的，前前年的空缺
都喊了

註

1：客家地區，在過年過節時，會在飯前先請過世的祖先吃飯，以示對祖先的恭敬，也祈求先人能保佑家中人平安。

我大舅

大舅在深山養蜂釀蜜
一瓶瓶高純度的蜜
抵不過同行養蜂人的哀求
總是在出箱前低價被購

大舅的蜜被品牌包裝後
在城裡賣出好價錢
這一切
我大舅毫不知情

他只是在深山老林
養蜂，釀蜜，養蜂，釀蜜
彷彿天生就是一隻蜜蜂
一生都在為人間
釀
純淨的甜

雞蛋花

千萬隻羊在草地奔跑時
來了一場雨
這個時候我已開好了
在枝頭等待讚美
幾隻鳥夜宿離我最近的枝丫
我曾模仿過飛翔
模仿過鳥類的翅膀煽動的優雅
雨來的那一刻
眼中曾有欣喜的光
天亮之後
我四散地鋪在行人走過的路上
關於飛翔和翅膀
我尚存有三秒的記憶
那是從樹上掉下地的距離

花朵獨自盛開的春天

人們把春天獨自讓出來
集體關上門
春風吹開的花朵
和曾經不一樣
花朵上的笑被摘下來
安置在高壓倉

淚水要收起來
口罩必須戴好
白大褂隱藏在隔離衣中間
剃刀把長髮吞下去

花朵獨自盛開
四面八方的白大褂
奔向櫻花樹
有光亮的靈魂點起燈
救醒更多的人

當我穿上防護衣
我將不再是一個孩子
最小的那一朵花
說出這一句話
就把燈舉到半空

隔著玻璃相擁的戀人
打開春天的窗
門外的春天啊
進來吧
所有獨自安靜開出的花朵
請進

我們將度過一個春天
我們將會用另一個全新的
明亮的春天
捂住這個帶著口罩的
春天的傷痕

在初夏的某一天

喜愛那些低處的事物
田埂上的狗尾草
伏地的牽牛花
樹根旁的酢漿草

露水替代火把
在草尖眺望　燃燒
淒清的事物
我替你熱烈過了

現在還說不出更深的愛
也說不出更多無名的淚水
車水馬龍的寬闊
釋放不知所措的困頓

童年回憶中
祖母的圍裙帕兜著熱鴨蛋
一一替我熨平
遷徙　徒步之傷

沒有比這更慈悲了
在一株小蠟樹下
我聞到草木濕潤的香氣

百年老屋的夏

我在夏天回到誕生地
那時我已長大
可以不費力地爬上屋頂
在悠悠的夏風中呆一個午後
不空洞地讚美一朵花　一棵樹
我真心地對夏日說暖話

一隻灰色的貓懶睡在屋堂
我看得清楚明白
牠不喝牛奶　不吃貓糧
心情好時　牠告訴我
一晚上　可以捉一打老鼠

那隻養了十年的黑狗
到現在都還沒有名字
牠兀在屋頭　時醒時睡
耳朵一會豎起一會耷拉
尾巴一會搖擺一會安靜

滿頭白髮的阿婆在打盹
眼睛瞇成櫻桃樣
皺紋如曇花綻放
細細碎碎念著舊時光
卻有一股擋不住的溫柔慈祥

穿堂而過的夏風
輕輕吹　輕輕吹
老屋恍若嬰孩
奶著母乳　酣酣地睡

圍屋

我曾穿著棉布鞋穿過你的長巷
尋找曾祖母的圍裙帕
藍花布銀紐扣的客家圍裙帕兜著熱鴨蛋
她提著竹籃像我一樣穿過這青石板的長巷
一聲長一聲淺地喚我乳名
青石板在曾祖母的喚聲中靜笑不語
擔水的客家婦人走過
涉海捕魚的客家郎走過
孩童們赤腳奔跑（我是他們中的一個）
暮歸的鳥群回巢
那麼多的親切　潮水般湧向我
彷彿我就生在其中的一間房裡
嘹亮地發出我的第一聲啼哭

秋的獨腳戲

年　被剪去三分之二後
天空開始慌張
看風　搖落滿地黃葉
並迅速吹涼血管的血液

月拉長背影
落入螢火蟲的翅翼
螢火蟲嚇得鑽進金星的眼眸
留下滿園玉米地竊竊私語

一場大雨　釋放囚禁的孤獨
城淪陷在黃葉纏綿悱惻的掌心
白露費盡唇舌燃一江蒹葭
春夏騰空舞臺
給秋　演獨角戲

在山間

深山裡開過的花
現在都結了果
粉紅色　紅色　黑色　墨藍色
比花朵還要美麗
在葉子中　葉子上
進入了它們的冬天
也進入熟透之後的掉落
它們的一生　也許有人見過
也許沒有人見過
作為一棵樹　開花　結果
一年又一年一遍又一遍
它們沒有我們想的那麼多
它們只顧開花　結果

在山澗

也許是晨間流轉在綠葉的露珠
也許是樹根盈出的一小滴水粒
也許是午後下過的一陣小雨
那麼多的小小水滴從許多隱秘的缺口
匯聚成山間的小河流
有的安靜地成為小湖泊
有的從岩石上沖下成為瀑布
靜止或壯烈　尖銳或柔和
你不會想到它們的源頭
樹葉　山風　一隻蝴蝶或一隻蜜蜂
母腹中小小的胎兒　蹣跚學步的小嬰孩
捧著鮮花的少女和步入老年的奶奶
源源不息的水　嘩啦嘩啦
一枚紅透的楓葉輕輕掉落水面

輯四：在群星之中

那些無法越過去的柵欄

天氣寒冷　繁鬧的灣仔天橋
一個顫抖的女人　向行人問路
可沒有人停下來
每個人匆匆走在自我的軌道和版圖中
停下聆聽的那一個
聽不清她的英語和方言
幾秒的對視一個人和另一個人
有無法越過的柵欄
問路的人問不到要去的地方
指路人迷惑於她的語言
我們也有向自己問路的時刻
那時，我們站在光亮製造的陰影下
膽怯　心慌　編織無形的柵欄
對著光　一遍一遍清洗心房
要麼強大　要麼乾脆捏碎自己

天橋下的流浪漢

那麼多的自由中
他選擇了其中的一種
有時行人看見
他對地下的石頭微笑
有時看見
他仰臉望著天空
有時
他空茫地坐著
也就是這樣的時候
流離是他的
凋零是他的
說不出的悲傷也是
他的
也就是這樣的時候
天空是他的
大地是他的
花木是他的
自由也是
他的

放學

午後的風敲響樹葉的銅鈴
藍天幕上雲朵放牧羊群
孩子們從一所所校門
浪花般跳躍奔跑出來
一朵一朵幸福的小花朵
撲進媽媽的懷抱
嘰喳笑鬧的花朵們
站在透亮的陽光下
是光是希望是未來
這日常的畫面會
在每一個放學日播放
同時播放的還會有
另一些無聲的鏡頭
特殊學校出來的一群
有的是坐著輪椅的
有的被抱著行走
有的緊緊地攥著手
母親和孩子都走得跌撞
我還看見一些隱蔽的鏡頭
康復車上一位抱著四五歲女兒的媽媽

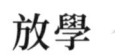

緩慢地從車上走下來
女兒軟軟地趴在她的肩頭
軟軟地垂下小手腳
蒼白模糊的小臉
是鏡頭中一朵折翼的花蕾
母親們都有一朵放學的花朵
有的正在盛開，有的正在結果
被暴風雨肆打過的一群
各自帶著身上的隱疾
在同樣的陽光和藍天下
微弱地打開了自己
在放學的路上閃著微微的光

天橋上祈禱的女人

站在天橋上的
可以是風景
也可以是一個祈禱的女人
她可以用嘶啞的喉嚨喊著
已消失的愛人的名字
她在喊
讓我的嘉嘉回來吧
回到我的身邊來
我們一起相親相愛
永遠生活在一起
永遠不分離
她在白天的天橋上祈禱
她在晚上的天橋上祈禱
日月星光藍天白雲
花草樹木泥土流水
都聽到她嘶啞的呼喊
路過的人
忽略了她嘶啞的嘈雜
原諒了一個失去愛人的女人

站在天橋上的
可以是圓滿的月光
也可以是殘缺的月光
她是可以哭泣祈禱吶喊的

影子比光更明亮

麻鷹盤旋海空白色海鷗低飛海面
白蘭地在蘭桂坊舉杯集體訴訟
黑皮膚黃皮膚白皮膚
英語法語日語韓語廣東話普通話
維多利亞海港嘴角微笑
石板街忙碌一群電影人
女主角化清冷的妝演繹
一個撲朔迷離的愛情喜劇片
北角新光戲院京劇演員唱昆曲
駱克道酒吧街扭著袒胸露乳的異國女子
同樣是異國男子的荷爾蒙超越酒精濃度
中環辦公大廈走出黃皮膚的精緻白領
廣東道 1881 裡的店鋪名全是 English logo
唯一的中文命名是溥儀眼鏡店
異國歸鄉她似乎已不認得出生地
蛇和蝴蝶常出沒在她的夢境
恍恍惚惚只覺得日子纖瘦月色肥美
對木銅鏡梳妝影子比光明亮

所有的疼痛都有貼切的安慰

喉痛頭痛全身肌肉酸痛
護士拿著五顏六色的藥
對你說
紅色的止鼻水
灰色的止咳
藍色的止肌肉痛
粉紅色的退燒
白色的是胃藥
呃　醫生擔心你是細菌感染
加開了抗生素
多像五顏六色的糖果
攤開在一個中年人的掌心
每一種疼痛都有了
貼切的安慰

穿過人群去愛一個普通人

光芒四射的人
才氣橫溢的人
俊美傾城的人
追星捧月的人
金銀滿屋的人
權勢高居的人
心胸狹窄的人
世俗難耐的人
居心不良的人
虛無飄渺的人
我要小心翼翼地繞過你們
穿過人山人海的人群
去愛一個普通人

一個普通的放在人海中難以辨認的人
一個普通的沒有耀眼星輝的人
一個普通的只有普通長相的人
愛他普通的質地普通的開闊心胸
普通的善良普通的真誠普通的乾淨

穿過人山人海
去愛一個普通的人
靜謐地在一個小小的城
一座小小的整潔的房子
過普通的柴米油鹽醬醋茶

普通地笑普通地憂傷
普通地經歷人世滄桑
普通地過樸素的一生

遊樂園裡有一個我的孩子

葉子和花　無語地從枝丫落下
蝴蝶蜻蜓試圖逆轉地心引力
它們匆忙地慰問一朵花一片葉
小麻雀嚶嚶地叫著姐姐

香港九龍的一個公園
又一個秋天寫在了樹葉上
陽光比夏溫柔了幾個刻度
樹的皺摺處揚起一曲牧童謠

湖邊上一個五顏六色的遊樂場
傳來尖叫　哭鬧　大笑
我想　遊樂園裡應該有一個我的孩子
是我和秋天一起生下的孩子
他會跑會跳會笑會哭

一個再具體不過的孩子
他在鞦韆上蕩來蕩去
他把世界真實地蕩到我的眼裡
比如樹葉和花　無語地從枝丫落下

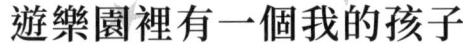

露宿者

空氣陡然從 21 度降到 7 度
雨和沿海的濕霧同時啟程
在一個燈火璀璨的城市
燈火闌珊的廟街
唱歌的人
算命的人
占卜的人
玩塔羅牌的人
擺賣各種商品的人
穿裙子塗血色紅唇的女子
都提前收市了
散落各個角落的
露宿者
僅僅只是把呼吸
拉長了五秒後
繼續在舊地盤上睡覺

乞討

在嘉道理道四十八號
張愛玲寓居過的
山景大廈門口
一個白皮膚金頭髮
西人中年男人
舉起一張寫有
Please help me 的紙片
走向我
掏出五十元
他找我二十
乞討　也有找數

清潔女工

尖沙嘴廣東道二號
一個清潔女工
把一塊玻璃擦得透亮
玻璃像鏡子一樣
同時照著她和
一個正從周大福出來的女人
女人食指上
一枚三克拉鑽戒的光
在玻璃上閃了閃
女工趕緊用擦布抹
那閃得刺眼的光

論雨的復原力

步伐匆匆的人群如常
牆角的花仍漂亮
一隻布偶白兔看不出憂傷
風把時間吹到十個小時前
香火　紙錢　鮮花　布偶白兔　蘋果　米　飯粒
一場婚變
四十二歲的母親攜十歲的女兒從二十四樓躍下
血跡　哭喊聲　警察　醫生　市民　報紙　新聞
有點擁擠了
空氣再次被撕裂被撐破

一場雨復原了事發地
七百萬人口的城市

一切如常

一棵樹還沒度過她的冬天

過於遲緩到來的春色
讓她無語靜默
也因此
被斷定具有潛在危險
為保護公眾的安全
在她沒睡醒之前
會有另一棵樹替代她
而她將會去哪裡
堆填區　農場　山邊？
我關心她的葉子甚麼時候
長出來

伊拉的快樂

四月五日，14:45 分在寶馬山道
寶馬山花園和培僑中學之間的長樓梯上
伊拉有一份小小的快樂
她調好相機
把要拍照的姿勢演繹了一次
讓剛游完泳的小主人幫她拍照
長長的樓梯泛出陳舊暗啞的斑駁
學校牆院的木棉已開盡了這個春天的花
掉在地上的木棉花尚未腐爛
一個白色氣球被風追著滾在
花朵旁又被風吹倒在垃圾桶邊旋轉
伊拉在拍照的瞬間有一份難掩的小小的快樂
鏡頭中她不是來自菲律賓
不是來自印尼
她不是一個來自異國的家傭
她不用在別的家庭中打掃清潔買菜做飯
照顧孩童和老人給太太鋪床
她是一個四十三歲的女子
不是一個遠離家園遠離丈夫子女

她是
不像凋零的木棉花
不像被風吹滾的氣球
她是有著小小快樂的女子
伊拉沒有來自遠方

城裡人

他把中年的身體
過成一張暗床
關節炎孳孳而生
高血壓高血糖高脂肪

他把中年的血管
變成養殖場
大閘蟹橫行
爬滿心臟鼓鼓的門

那人　才中年
有嬌妻幼兒
尚不算老的父母

城市的速食
隨速食附送的奶茶咖啡加糖
高強度的工作
商品樓的供款
讓他把中年的身體
過成一張暗床

醫學教科書的專業詞彙
都潛藏在他體內

失語症

賽車疾馳於午夜空曠中
幾聲尖鋭狼嚎掃過街尾
夜的軀體從內部中央碎裂
如水的波紋横面方向擴散

滲入泥土中的一些晃動了樹的筋根
或是聲響或是水紋或是夜湧動的不安
樹葉簌簌低鳴　驚動棲身於枝頭的夜鳥
露水跌落於尚未成雨珠的時刻

城市先於一盞路燈驀然醒來
鐵軌上的火車洌過晨的靜謐
街市在一尾魚的掙扎上蹚出喧嘩
柴米油鹽醬醋茶的氣息點燃人間煙火

早於太陽升起的人流擠塞地鐵巴士
夜班人撐著半袋月色
人群似面無表情的沙丁魚
裝滿車廂角落畫面繁複　集體無語

狐狸逃逸於原始森林竄進視窗
蝙蝠出洞後，失語症始於午夜
萬物靜默，失語症從一個小視窗流散
和城市車流人流匯合　漾出大海波紋

木偶娃娃

朵拉穿過廣東道
走進一條又一條深巷
滑進一個滾燙的夜
一個滾燙的城

朵拉涼涼的膚體貼近
一盞墜晃的燈
四周有歌聲　叫賣聲
算命的　占卜的　塔羅牌和星座
露宿者的呼嚕
無神不聚焦的眼神

朵拉穿過他們的聲帶
提起二十一歲少女的裙擺
找尋一個木偶娃娃
天后廟的煙火亮起星星
針尖一樣穿透城上的半片天空

當朵拉還是一個孩子的時候
沒有金融風暴　樓市負資產
父親尚不是露宿者

有一天他從廟街給朵拉
帶回一個木偶娃娃

朵拉穿行在一個焦躁的城
尋找她的木偶娃娃
尋找蹤跡不明的父親
小時候給她買過木偶娃娃的父親
親吻過她額頭的父親
給她講過童話故事的父親

朵拉穿梭在城的火焰裡
走進般咸道　穿過深水埗
鴨寮街　新填地街
涼涼的額頭掉進迷路的夜色
她一直在找
七歲那年的木偶娃娃
她一直找不到
七歲那年父親送她的木偶娃娃

她涼涼的心
跌進滾燙的城

石頭的記憶

靜坐海邊的女子
與一塊石頭面對面
女人的風霜刻在石頭上
石頭的斑駁映在女子的眼眸中
輕吹著些微風
紅葉子穿過秋冬
蔓藤伸出挽留的姿勢
飛機無痕地劃過天空
留幾聲轟隆
蝴蝶勇敢地飛過海面赴約
與一塊石頭面對面
聽它笑著說刻在身上的火山爆發
雨水沖刷侵蝕的歷史
海水的鹹蒸發過度的鹽分
提煉出溫柔的魚
反反覆覆活在途中的一朵玫瑰花
飄洋過海地成雨成霧
冬青樹的果實跌落石頭嘴唇
胭脂塗抹石塊
打磨出過度藍的底色

女子的五官在石塊上生根發芽
石頭在女子的心房
被都市的燈光
日漸模糊

課間

叮鈴鈴
一群少男少女哄然四散
教室立刻靜下來
我看見
時光安靜拍打窗外樹上的皺紋
翠綠的溫暖滲入微細毛孔
舉起黑板擦擦黑板時
阿婆浮在腦海
想到阿婆墳前上一柱香
捧一捧黃土給她添衣
想著這些時
校工走進來
他卑恭地說
Miss 我來
他用濕布擦拭黑板
他把亂了的桌椅一一擺齊
他把地板清掃乾淨
他微頹沒有黑髮的頭
安靜地退場

叮鈴鈴
一群少男少女打鬧追逐著走近我
搞笑地喊 Miss 你好
我喝了一口茶
阿婆墳前的野菊花
今年不知開得熱鬧不熱鬧
想完這一句
我站起來說
上課
教室立刻安靜下來

香港大澳

構建的戲劇在上演
沒有劇場的天宇
盛放自言自語
一個風塵僕僕的人
從水裡浮起
昨夜在星光裡捕魚
甲板全是彈跳的螃蟹
暗中的事物
生出翼翅
從鹽到鹽
從提煉到提煉
草地上無家可歸的牛群
目光虛空　泛起不可言說的失落
不再有土地
農耕人
水上人
都成了城裡人
舊宅空盪盪
蟲蟻發放宣言
大搖大擺踱步

粉紅色海豚躍起
遊船上的孩子尖叫一聲
島嶼上的木屋
在咿呀的槳聲
緩緩長出白髮
緩慢地
老
一場構建的戲劇在心裡
沒有幕布
永不劇終

涉海的人

要有歌聲
歌聲會在海中央響起
會有月色
月色映照千年的漁舟

涉海的人
不懷揣心事
他們有坦蕩
寬廣的肩膀
他們徒步　划槳
打撈海的盛年

粗厚的腳板
踏遍大鵬半島
細竹篾編織的魚簍
裝滿客家人的勤勞

浮游的事物
交給一張陳網
網縫漏下的斑駁

不是歲月的證據
是風是雨吹刷的輪廓

中生代的蕨類植物
覆蓋在海岸線的岩石
作為歷史的見證者
她安靜不語

涉海的人從不隱藏海的風暴
海桑田後　輕舟泛過時
海風攜帶海浪輕輕漫過金黃的沙灘
涉海的人早已為你呈上
萬物靜美　桃源花開的畫卷

請容許

緩慢地走一段路
在半山的香雪道
夜還沒有熟透
植物層林佈滿星星
霧滲出雨滴
燈光也緩慢地徒步
推紙皮車的老人
蝦弓一樣的腰
快要墜到地面上
再緩慢地走一段路
蘭桂坊伸出手掌
掌中擠著啤酒瓶
異國男女站滿路央
無聲地舉杯
石板街階梯濕滑
老奶奶是迷路人
坐著不說話
夜再夜一點
還要緩慢地走

把貼近地面的腰
再挺一挺
更貼近地面的事物
抖一抖生活賦予的顫抖
請繼續
緩慢地走

凌晨三點的哺乳室

順著夜風的手指
一群剛從一場血淋淋的
戰場退下的女人
虛弱地　緩慢地　蹣跚地
抱著誕生不久的嬰孩
走向凌晨三點的哺乳室
剖宮產　撕裂傷　側切　大量的血
所有生產帶來的疼痛　傷口
忽略掉吧
眼前嬰兒的哭聲多麼動聽
城市還未醒來
喧囂尚未鼓脹嘴角
懷中柔軟的小小肉團兒
初來乍到　他們慌亂地哭
慌亂地劃著小手腳
解開紐扣的母親們
在中央空調的涼風中
手忙腳亂地用身體中的
另一種柔軟哺餵柔軟
巡班的護士托起一位初為人母

的母親鼓脹的糧倉
幫她調整方便哺乳的角度
喇叭狀的小嘴　吮啜著母親
少女　花朵　羞澀　青春　蓓蕾
不再低下頭　勇敢的果實
夜還沒有醒來
城市尚在安靜的夢中
整個地球的嬰孩都在
所有的母親也在
冬季和春季也都在
凌晨三點的哺乳室

打聽

明天街市的蔬菜新不新鮮
雞蛋花是否結出小雞蛋
一隻蝴蝶飛不飛得過海
曾經的她過得好不好
遙遙的眼前的

你只思念其中的一部分
口腔和牙齒
流放到夜裡去
你不去找你
也不愛聽你的故事

你只是打聽其中的一部分
思念其中的一小部分
更隱藏尚未出口的
餘下打聽

只有天空獨自盛著藍

在城中　我們的紫荊花又開了
滿樹的花張著五個花瓣的掌心
迎向太陽　迎向撲面而來的光
其中的一朵色澤尚是明麗的
二〇二〇年的冬風搖下她　傾倒的花
躺在城市的草地，花叢和地板上
路過的人　被口罩捂住了嘴
對她說不出慨嘆和讚美
那麼多的人　隔離在房中央
說不出慨嘆和讚美
更多的人　穿上防護服
說不出慨嘆和讚美
只有天空　獨自盛著深深的藍
獨自擁有無邊的遼闊

只有月色獨自盛著孤寂

鐘聲在午夜敲響
小教堂的十字架
藏起月光灑下的淡影
一朵烏雲哭泣過的痕跡
被風裝進寬大的袖子
小女兒的白色校服裙
從晾衣架收回折放進衣櫃中
停學的孩子們　取回校園手冊
在虛擬的網上　對著螢幕朗讀
在城中央的廣場　找不到放風箏的孩子了
他們的笑聲、沒從口罩中飄出去
冬風吹著紫荊花　月色溶溶啊
只有月色　獨自盛著深深的孤寂
獨自行走在無邊的孤寂中

只有海洋獨自盛著波浪

深藍的海洋　漲了潮
游魚們在海中開生日會
沙灘上貝殼和沙子築大城堡
紅樹林螃蟹和彈塗魚在月亮下唱歌
孩子，我給你描述的海洋
還有中華白海豚躍出水面
睡前故事翻到十六頁
海裡還有許多美人魚
多麼廣大美麗的海洋啊
孩子，我們現在要睡覺了
城市的夜燈一盞一盞熄滅
我們把口罩放在安全的地方
去看海的時候，我們再戴上
孩子，你會做一個甜夢吧
你的夢中，不會有病毒　口罩　隔離
媽媽也做夢　夢到海洋
只有海洋，獨自盛著深深的夜色
獨自盛著夜色中起伏的波浪

在群星之中

清晨提回家的一籃蔬菜
帶著霧氣和露珠（這是你熱愛的）
一些肉類　避不開的要出現在飯桌上
不停清洗雙手　血腥味一直都在（你認為）
清洗貝類的時候
它們劃傷你左手的食指
雙氧水在傷口上嘶嘶冒泡
忽略血滴和疼痛
你捧出佳餚
在孩子和丈夫的咀嚼聲中
得到一天的讚賞
可這不是你想要的
你的心頭奔騰著馬匹
起伏著蔚藍的波浪
你的雙眼凝視花朵時
盈滿晶亮的星辰
而就在那一刻
你置身群星之中
擁有自己的星光

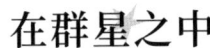

媽媽，我的小柴在哪裡

說了晚安的孩子
光著腳一遍一遍
跑到我的床前
一遍又一遍地問
媽媽，小柴在哪裡？
一遍又一遍地說
沒有小柴我睡不著啊

說完她還站在我的床前
眼巴巴地看著
用抱過她的臂彎抱著的她的小弟弟
用哄過她入睡的搖籃曲哄著的她的小弟弟

她也曾經那麼小，
一個粉嫩的小嬰孩，
每一晚都睡在我左邊的位置上，聽著搖籃曲
夜裡哭鬧時也會有溫柔的撫摸和柔聲的慰語

媽媽，我的小柴在哪裡？
八歲的小女孩一遍一遍地問
現在，她在尋找她的小柴
她已習慣抱著一隻叫小柴的布偶狗狗
進入她的夢鄉

可她今晚（和許多個夜晚）站在我的床前
一遍又一遍問
媽媽，我的小柴在哪裡？
就好像一遍又一遍地說
媽媽，抱抱我吧，陪我睡吧
陪我睡吧……

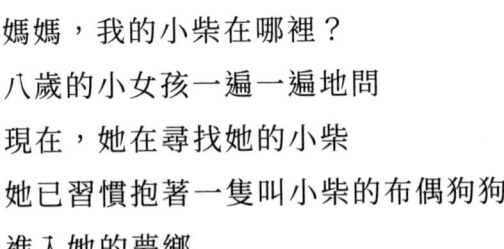

本創文學 61

閃閃發光的事物學會匿藏

作　　者：吳燕青
責任編輯：黎漢傑
設計排版：多　馬
法律顧問：陳煦堂 律師

出　　版：初文出版社有限公司
電郵：manuscriptpublish@gmail.com

印　　刷：陽光印刷製本廠

發　　行：香港聯合書刊物流有限公司
香港新界荃灣德士古道 220-248 號
荃灣工業中心 16 樓
電話 (852) 2150-2100　傳真 (852) 2407-3062

臺灣總經銷：貿騰發賣股份有限公司
電話：886-2-82275988　傳真：886-2-82275989
網址：www.namode.com

新加坡總經銷：新文潮出版社私人有限公司
地址：71 Geylang Lorong 23, WPS618 (Level 6), Singapore 388386
電話：(+65) 8896 1946　電郵：contact@trendlitstore.com

版　　次：2022 年 4 月初版
國際書號：978-988-76023-9-2
定　　價：港幣 78 元　新臺幣 240 元

Published and printed in Hong Kong

香港印刷及出版